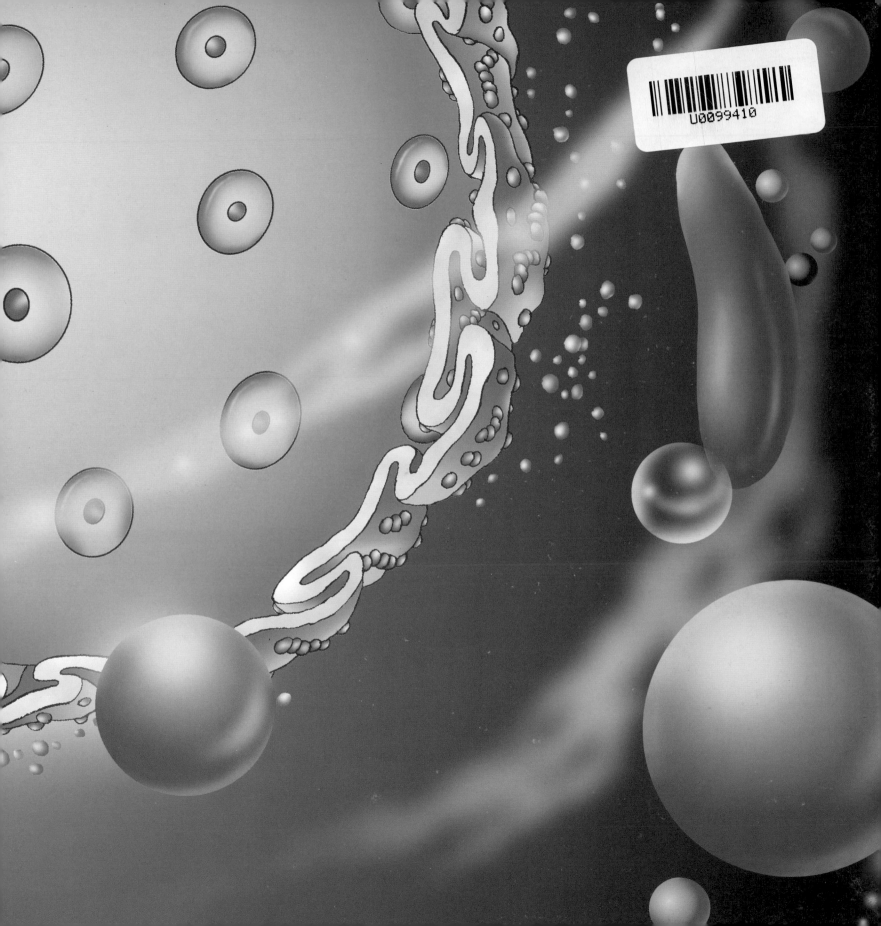

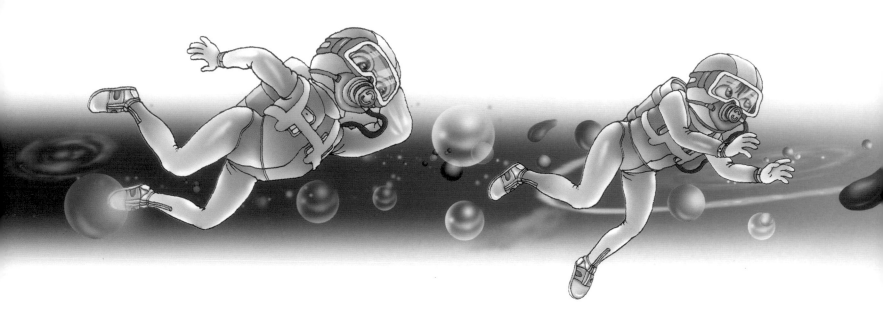

細胞歷險記

國家圖書館出版品預行編目資料

細胞歷險記／石家興文; 鄭凱軍, 羅小紅圖.－－初版
一刷.－－臺北市；三民，民91
面； 公分－－(兒童文學叢書.童話小天地)

ISBN 957-14-3586-4 (精裝)

859.6

© 細胞歷險記

著作人 石家興
繪圖者 鄭凱軍 羅小紅
發行人 劉振強
著作財
產權人 三民書局股份有限公司
臺北市復興北路三八六號
發行所 三民書局股份有限公司
地址／臺北市復興北路三八六號
電話／二五〇〇六六〇〇
郵撥／〇〇〇九九九八－－五號
印刷所 三民書局股份有限公司
門市部 復北店／臺北市復興北路三八六號
重南店／臺北市重慶南路一段六十一號
初版一刷 中華民國九十一年二月
編 號 S 85596
定 價 新臺幣肆佰元整
行政院新聞局登記證局版臺業字第〇二〇〇號

有著作權‧不准侵害

ISBN 957-14-3586-4 (精裝)

網路書店位址：http://www.sanmin.com.tw

滿天星斗

〔主編的話〕

不知道你有沒有聽過這個故事？

從前從前夜晚的天空，是完全沒有星星的，只有月亮孤獨地用盡力氣在發光，可是因為月亮太孤獨、太寂寞了，所以發出來的光也就非常微弱暗淡。那時有一個人，擁有所有的星星。她不是高高在上的國王，也不是富甲天下的大富翁，她是一個名叫小絲的女孩。小絲的媽媽總是在小絲入睡前，念故事給她聽，然後，關掉房間的燈，於是小絲房間的天花板，就出現了滿是閃閃發亮的星星。小絲每晚都在星光中走入甜美的夢鄉。

有一天，小絲在學校裡聽到同學們的談話。

「我晚上都睡不著覺，因為我房間好暗，我怕黑。」一個小男孩說。

「我也是，我房間黑得像密不透氣的櫃子，為什麼月亮姐姐不給我們多一些光亮？」另一個小女孩說。

那天晚上，小絲上床後，當媽媽又把電燈關熄，房中的天花板上又滿是星光閃爍時，小絲睡不著了，她想到好多好多小朋友躺在床上，因為怕黑而睡不著覺，她心裡好難過。她從床上爬起來，走到窗前，打開窗子，對著月亮說：「月亮姐姐啊，您為什麼不多給我們一些光亮呢？」

「我已經花好大的力氣，想要把整個天空照亮，可是我只有一個人啊！整個晚上要在這兒，我覺得很寂寞，也很害怕。」月亮回答。

「啊！真對不起。」小絲很抱歉，錯怪了月亮。可是她心裡也好驚訝，像月亮姐姐那麼美，那麼大，又高高在上，也會怕黑、怕寂寞！

小絲想了一會兒，對著月亮說：「月亮姐姐，您要不要我的星星陪伴您呢？星星會不會使天空明亮一些？」

「當然會啊！而且也會使我快樂一些，我太寂寞了。」月亮高興的回答。

小絲走回房間，抬頭對著天花板上，天天陪著她走入甜美夢鄉的星星們說：「你們應該去幫忙

月亮，我雖然會很想念你們，但是每天晚上，當我看著窗外，也會看到你們在天空閃閃發亮。」小絲對著星星們，含淚依依不捨的說著：「去吧！去幫月亮把天空照亮，讓更多小朋友都看到你們。」

從此，天空有了星光。月亮也因為有了滿天的星斗相伴，而不再寂寞害怕。

每當我重複述說著這個故事時，不論是大人或小孩心中都會洋溢著溫馨，也都同樣地盪漾著會心的微笑。

童話的迷人，正是在那可以幻想也可以真實的無限空間，從閱讀中也為心靈加上了翅膀，可以海闊天空遨遊。這也是我始終對童話故事不能忘情，還找有志一同的文友們為小朋友編寫童話之因。

這一套童話的作者不僅對兒童文學學有專精，更關心下一代的教育，出版與寫作的共同理想都是為了孩子，希望能讓孩子們在愉快中學習，在自由自在中發展出內在的潛力。

想知道小黑兔到底變白了沒有？小虎鯨月牙兒可曾聽見大海的呼喚？森林小屋裡是不是真的住著大野狼阿公？在「灰姑娘」鞋店裡買得到玻璃鞋嗎？無賴小白鼠又怎麼會變成王子？細胞裡的歷險有多刺激？土撥鼠阿土找到他的春天了嗎？還有流浪貓愛咪和小女孩愛米麗之間發生了什麼事？……啊！太多精采有趣的情節了，在這八本書中，我一讀再讀，好像也與作者一起進入了他們所創造的故事世界，快樂無比。

感謝三民書局以及與我有共同理想的作家朋友們，他們把心中的美好創意呈現給大家。而最重要的是，如果沒有可愛的讀者，一再的用閱讀支持，《兒童文學叢書》不可能一套套的出版。

美國第一夫人羅拉·布希女士，在她上任的第一天，就專程拜訪小學老師，感謝他們對孩子的奉獻。曾經當過小學老師與圖書館員的她，很感謝小學老師的啟蒙，和父母的鼓勵。她提醒社會大眾，讀書是一生的受惠。她用自己從小喜愛閱讀的經驗，來肯定童年閱讀的重要收穫。

我因此想起了一個從小培養兒童文學的社會，有如那閃爍著星光，群星照耀的黑夜，不僅呈現出月亮的光華，也照耀著人生的長河。讓我們一起祈望，不論何時何地，當我們仰望夜空，永遠有滿天星斗，而不是只有孤獨的月光。

祝福大家隨著童話的翅膀，海闊天空任遨遊。

英雄出少年

前兩年三民書局劉董事長邀我寫適合中學生閱讀的生物書，我感到十分榮幸，劉董事長一心一意為下一代出好書，我卻因忙碌的教研工作，不得不婉謝他的厚意。這件事使我耿耿於懷，成日鑽研於自己狹窄的研究題目中，慚愧不能多為年輕學子效勞。

科學要生根，不僅要褒揚明星科學家，更重要的是科學普及化。而科學普及化最重要的就是科學中文化與科學閱讀年輕化。用中文談科學，才能普及大眾，才能大量溝通。少年越早接近閱讀，科學才能早日在孩子心中發芽，對生命產生好奇與興趣，也才能英雄出少年，發揮創造力。

由於慚愧在先，而科學普及化的理想在心中盤旋已久，所以當簡宛在策劃《童話小天地》，並邀請我加入為小朋友寫作的行列時，多年來在心中的科學童話，又再次顯現。

近四十年來，近代生物學的進展實在太快了，用日新月異、突飛猛進來形容，並不為過。但是，有些基本的原理和基本的生物構造還是值得普及介紹，做一些根植人心的功夫。這本《細胞歷險記》便是把基本的細

胞學，用趣味的型態來介紹給小朋友。書中的小華、小明、小強，何嘗不是許多科學家在摸索中的寫照？如果這本書也能引起更多科學家為兒童寫作的興趣，那更是意外的收穫了。

希望，有這一天，科學不再用「高深」來形容，而是像討論球賽和電影一樣，成為大家津津樂道的趣味話題。在我寫作這本書的過程中，每想到細胞的奧妙、生命的變化、小朋友的好奇心⋯⋯我就已經得到很大的樂趣了，希望小朋友也能分享到我的快樂。

此外，我必須要感謝繪圖的插畫家，他所繪的插圖真是精彩極了，大大提高了這本書的娛樂性與可讀性。而三民書局在編輯童書的過程中，所投入的敬業與專注，更令我不敢怠慢。如果有小朋友看了這本書，從書中得到啟發，我們的插畫家和編輯們的功勞很大，在此一併致謝。

石家興

兒童文學叢書
・童話小天地・

細胞歷險記

石家興・文

鄭凱軍／羅小紅・圖

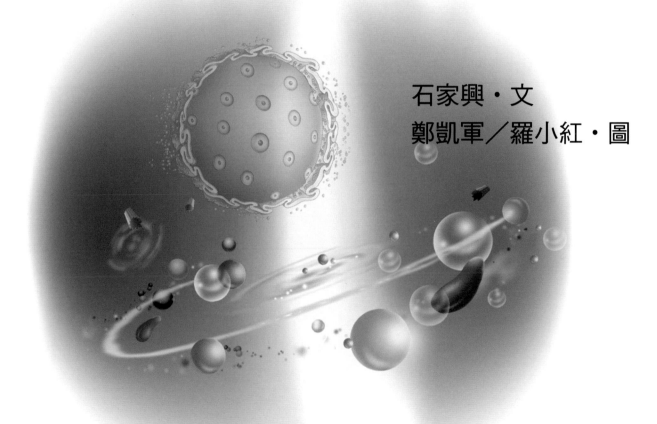

三民書局

學校放暑假了。
這一天，小明和小強
都跑到小華家裡來玩，
看了一陣子故事書，
小強不耐煩了。

「嗨，出去玩
好不好？」

「外面這麼熱，
最好去游泳。」小明
發表意見。

小華想了一下說：
「這樣好不好？我們
到『大學校』去玩，
等我爸爸下班的時候，
和他一起回來。」

小華的爸爸在附近的
大學教書，大學校園
比他們上的小學大多了，
所以就叫它「大學校」。

1

　　三個人進了小華的爸爸的實驗室，卻沒有遇到任何人，正覺得奇怪時，小華發現旁邊一扇門上亮著紅燈，上面寫著：

　　　　工作中，閒人莫入。

　　「爸爸大概在這裡面，我們在外面等一下好了。」小華說。

　　看到實驗室裡各式各樣的儀器，小強覺得很新奇。「嗨，這是不是顯微鏡？拔根頭髮來看看，聽說顯微鏡底下，頭髮會變成一條蛇。」

　　「你不要闖禍了，還是等小華的爸爸出來，再弄給我們看。」小明不准小強碰任何東西。

　　「好，好，等一下再看顯微鏡。」小強嘴裡雖然答應著，好奇心並沒有停止。他又發現了一架儀器，「來看，這個大箱子裡面裝的是什麼？箱子上面還有幾個錶在走呢！」

　　「我爸爸跟我說過，這叫做高速離心機。」小華常隨他爸爸來實驗室，認識不少儀器。

「我爸爸是研究細胞的，細胞裡面還有許多東西，把細胞打碎以後，可以用離心機把這些東西分開。是些什麼東西，我也不知道。」

「我們人不就是由很多很多的細胞合成的嗎？細胞這麼微小，裡面還有東西呀？」小明覺得很驚奇。

「人是細胞合在一起做成的！」小強恍然大悟，「那麼我們把細胞加在一起，不就造出人了嗎？不知道大人生孩子，是不是就是這樣做出來的？」

「人是生出來的，不是做出來的，細胞也是從細胞生出來的。」小華想了想又說：

「我沒聽爸爸說過人會做細胞。」

「很多東西從前人不會做，可是現在會了，人將來會不會做細胞呢？」小明倒覺得小強問得有理。「會做細胞以後，就做個怪人出來，哈哈，好妙！」

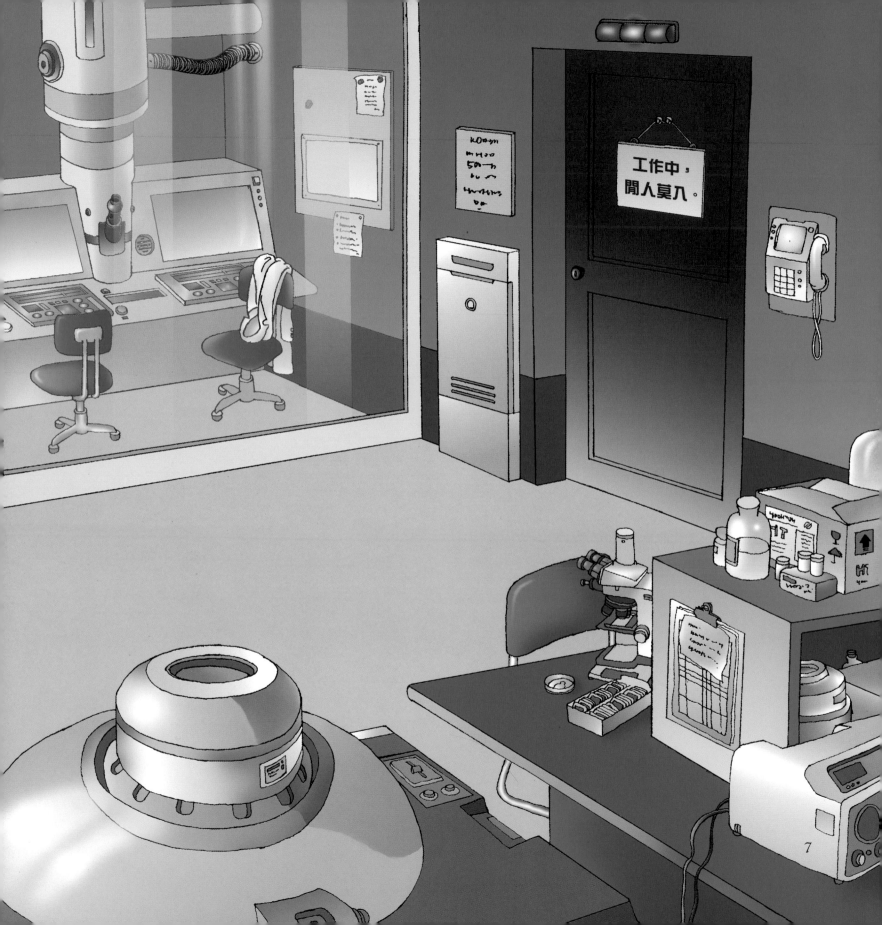

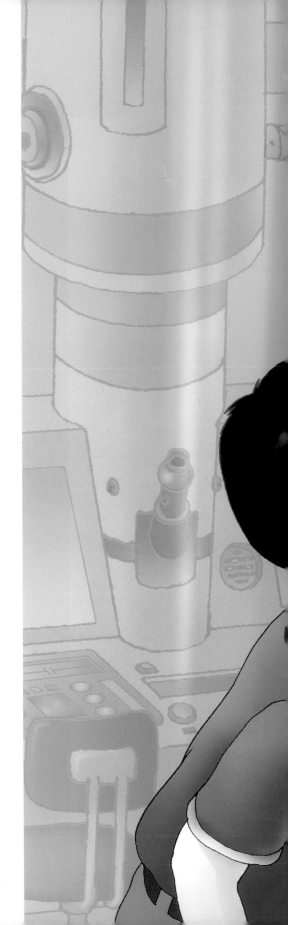

　　問題是小強提出來的，
他卻沒有耐性想下去，
一個人摸索到了亮紅燈的
門前。

　　「小華，你爸爸一定在
裡面，我們進去找他好不好？」

　　「爸爸大概是在裡面，不過
他在工作，我們進去不大好。」

　　「我們只要進去看看，
如果他忙，我們馬上出來。」
小強就是忍不住他的好奇心。

　　「對，我們只要進去看看。」
小明也心動了，但是他卻想到
更好的理由，「我們不進去，
你爸爸永遠不知道我們在這裡
等他。」

　　小華猶豫了一陣子，
終於說：「好吧，我們進去找
我爸爸。」

9

2

小強領先推門而入。「哎喲，這裡面好黑。」

因為他們從光線很強的地方進入比較暗的房間，眼睛還不能適應，只覺得一片漆黑。

停了一陣子，三人才看清了周圍的環境。原來這只是一個小隔間，裡面還有第二道門，兩道門之間的牆上掛著幾套衣服，仔細看，很像蛙人穿的潛水衣，背上還有小小的氧氣筒。

第二道門上寫著幾個大字：

請穿潛質衣入內

「啊，這裡一定很好玩。」小強說著就拿起一套掛著的衣服，試穿了起來。

小華和小明雖然猶豫了一下，但想到回頭就太沒意思了，這第二道門對他們實在充滿了誘惑。

兩人對望了一眼，不約而同的說：「進去看看再說。」

於是三人分別穿上潛質衣，戴上眼罩，並找到氧氣管含在口裡，招招手，推開了第二道門。

開門以後，奇怪的事情發生了。
他們見到的既不是走道，也不是房間，
擋在面前的竟是一層半透明的膜體，
上下左右沒有其他的空隙。

小華先比了一個手勢，然後小心的
伸出一隻手去觸摸那層膜。出乎
他們的意料，小華的胳臂居然可以
穿入膜內。接著小華又伸腿跨了進去，
再一探身，半個身子穿膜而入，
但是他又很小心的退了回來。這樣
試了幾次，似乎並沒有特別的危險。
終於三人決定走進去，小華領先，
小強第二，小明殿後。

三人穿入後，小華回頭把門關好，
等三人站定，這才發現他們已經進入
一個完全不同的世界，對眼前的景色，
又是喜又是驚。

小明舉起雙手歡呼，
小強跳躍著表示莫名的快樂，
小華卻被奇景懾住了。
這膜後的世界，
有一點兒像是在海底，
因為所有的空間都充滿了一種液體。
不過海水的流動性很大，
又因為有陽光的折射而呈藍色，
但這裡面的液體卻稠得多，
流動性小，
是透明的淡粉紅與米黃之間的光色，
看起來非常柔和美麗。
打個比喻來說，
他們好像是走進一個很大的肥皂泡，
所不同的是，
這肥皂泡裡面卻充滿了肥皂液。

　　小華想了一下，覺得眼前所見實在新奇，
遠超出他的想像，為了避免不必要的冒險，
他向小強、小明招手，想要拖他們回頭。
原來這液體裡面還懸浮了許多物體，有的是
球形，有的是棒狀，好像浮在空中的大氣球。

　　小_{ㄒㄧㄠ}華_{ㄏㄨㄚ}還_{ㄏㄞ}來_{ㄌㄞ}不及拉_{ㄌㄚ}住_{ㄓㄨ}小_{ㄒㄧㄠ}強_{ㄑㄧㄤ}，小_{ㄒㄧㄠ}強_{ㄑㄧㄤ}已_ㄧ經_{ㄐㄧㄥ}半_{ㄅㄢ}游_{ㄧㄡ}半_{ㄅㄢ}跑_{ㄆㄠ}的_{ㄉㄜ}向_{ㄒㄧㄤ}前_{ㄑㄧㄢ}衝_{ㄔㄨㄥ}了_{ㄌㄜ}出_{ㄔㄨ}去_{ㄑㄩ}，顯_{ㄒㄧㄢ}然_{ㄖㄢ}他_{ㄊㄚ}是_ㄕ想_{ㄒㄧㄤ}去_{ㄑㄩ}抓_{ㄓㄨㄚ}那_{ㄋㄚ}些_{ㄒㄧㄝ}圓_{ㄩㄢ}的_{ㄉㄜ}、長_{ㄔㄤ}的_{ㄉㄜ}大_{ㄉㄚ}氣_{ㄑㄧ}球_{ㄑㄧㄡ}。

　　這_{ㄓㄜ}時_ㄕ候_{ㄏㄡ}，小_{ㄒㄧㄠ}華_{ㄏㄨㄚ}真_{ㄓㄣ}是_ㄕ後_{ㄏㄡ}悔_{ㄏㄨㄟ}帶_{ㄉㄞ}他_{ㄊㄚ}們_{ㄇㄣ}來_{ㄌㄞ}到_{ㄉㄠ}爸_{ㄅㄚ}爸_{ㄅㄚ}的_{ㄉㄜ}實_ㄕ驗_{ㄧㄢ}室_ㄕ，又_{ㄧㄡ}進_{ㄐㄧㄣ}來_{ㄌㄞ}這_{ㄓㄜ}裡_{ㄌㄧ}，真_{ㄓㄣ}擔_{ㄉㄢ}心_{ㄒㄧㄣ}小_{ㄒㄧㄠ}強_{ㄑㄧㄤ}會_{ㄏㄨㄟ}闖_{ㄔㄨㄤ}禍_{ㄏㄨㄛ}。

3

　　小強首先走近一只暗紅色的長氣球，
伸開雙手把它抱在懷裡。小明和小華
也游走了過來，一起把長氣球觀察了
一番，發現跟普通的氣球差不多，
但是摸起來有實心的感覺，裡面一定
還有許多東西，最使他們驚異的是，
這暗紅的長氣球會發熱，彷彿有
什麼東西在內部燃燒，小強把氣球
抱久了，竟熱得出一身汗。

　　觀察了一會兒，小強突然伸起拳頭，
像是有意要把氣球打破。眼明手快的
小明在旁趕緊捉住他的拳頭，並搖頭
示意不可以。小強笑了起來，轉身
又游走了，原來他只是做個姿態，
故意讓小明和小華緊張的。

19

不一會兒，小強又到了一只圓氣球的前面，走近以後，這才發現圓氣球裡面裝有一種淺綠色的液體，外面一層半透明的薄膜。這使它看起來真像飄在空中的綠氣球。

小強伸出手去抓這個綠氣球，但是他的手竟毫無阻礙的插進了氣球裡。他嚇了一跳，急忙把手抽回來。

這時候，小明和小華也來了，小明搖搖手，勸小強不要再抓綠氣球。小華很怕小強會出狀況，指指自己眼睛，點點頭，又指指手，搖搖頭，告訴小強只可以看，不要動手。

但綠氣球這麼奇怪，小強怎肯聽他們的勸告？又一次把手伸了進去，試了幾次，也沒發現有什麼異狀。小華和小明也看不出有什麼危險，就不再阻止小強，但是他們不知道，小強正碰上了最厲害的殺手！

因為用手試過幾次，小強決定把頭伸進這個綠氣球裡，看看內部的究竟。

正當他要把頭鑽進綠氣球的一剎那，忽然聽到遠處傳來喝阻聲：「什麼人在細胞裡面？不要鑽進離散體，危險！」

小華、小明和停止動作的小強，一起回過頭去尋找聲音的來源，這才看到一個人也穿著潛質衣，氧氣罩上有一個傳聲器，一面叫著，一面游跑過來。

等他走到很近，大家才從眼罩後認出人來，原來正是小華的爸爸。

「你們怎麼跑進這裡來了？」小華的爸爸一邊問話，一邊提出警告，「對你們來說，這裡面很新奇，但是也很危險，剛才小強要是鑽進了那個綠氣球裡，就很可能會受傷。」

小華的爸爸停頓了一下，原來是準備把孩子們送出去，但是他想了一下，終於改變了主意。

「現在立刻要你們出去，你們一定也很不樂意。既然已經進來了，我就帶你們去遊歷一下。但是要答應我一個條件，就是不准動手去碰任何東西，否則我就先送你們離開這裡。」

小明、小強、小華聽到可以帶他們遊歷，都高興得一直點頭。

「你們現在所在的地方是一個大細胞的內部。記得你們穿過一層膜進來嗎？那就是細胞的界限，叫做細胞膜。

「你們能夠通過細胞膜，是因為身上穿了潛質衣。這衣服的表面塗有一種油脂，利用這種油脂與細胞膜的親合，所以你們很容易走了進來。

「我們周圍的液體是細胞質，潛質衣和潛水衣的功用一樣，是用來保護你們身體的，也讓你們能夠在細胞質裡面游動行走。

「細胞質是由水分、蛋白質、油脂，還有許多其他物質混合而成。因為濃度相當高，所以你們會覺得稠稠的，而不像是在游泳池裡潛水一樣。」

三個孩子跟在周圍，一邊聽著，一邊放眼四望，欣賞細胞裡的風光。

有了小華的爸爸在一起，三個孩子都安心多了，特別是小華，他原來最為小強操心，現在馬上覺得自由自在。

　　小華看到附近有一只綠氣球，就扯扯爸爸，
又指一指小強。

　　小華的爸爸會意了，就問他們：「你們知道
剛才小強想把頭伸進去的綠氣球是什麼嗎？

　　「它的名字叫做離散體，它是細胞裡的
殺人王，任何東西進入裡面都會被分解。
所以小強若真是把頭鑽進去，很可能會受傷。」

　　小強很不好意思的低下頭，但是他非常注意
聽小華的爸爸接下去講的話。

「離散體是個廢物處理場，細胞裡面有很多大分子，譬如核酸和蛋白質。它們被利用過後，就在離散體中被分解；但是離散體也是細胞的消化器，當外界有些大分子進入細胞時，離散體就把它們包起來，並且分解消化。

「因為它在細胞中有這種殺人不見血的本事，所以贏得殺人王的綽號。」

聽完這段解釋，三個孩子不約而同的又多看了一眼附近的綠氣球，那綠森森的顏色也變得很可怕了。

　　「離散體也有一層細胞膜一樣的薄膜。」小華的爸爸停了一下又繼續說:「因為你們的潛質衣的特殊功用，你們的手或身體都可以穿透過去。這層膜非常重要，若不是膜的保護，那裡面的分解酵素都會散出來，把細胞自己也消化了。」

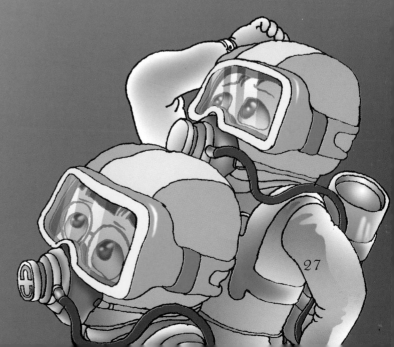

27

眼睛望著離散體，耳朵聽著講解，小明一不小心撞上那暗紅色的長氣球。

「小心！」小華的爸爸急忙扶了小明一把，「你撞上了細胞的發電站。」

「細胞的發電站？」孩子們心中都自然發出問號。

小華的爸爸又指著長氣球解釋：「它叫粒線體。因為在顯微鏡下觀察時，若是橫著看它，像根小短線，若是豎著看它，像個小粒子，所以大家管它叫粒線體。但是談起它的功用，應當有個更恰當的名字才對。」

他們圍著粒線體看了好一會兒，真想知道為什麼剛才小華的爸爸說它是發電站。

「你們摸摸看，這裡面不是在發熱嗎？那是因為有東西在燃燒！它是一座火力發電站，燃料在裡面燃燒，所產生的熱能用來發電。這電能輸送到細胞的各處，供應細胞各種活動所需要的能量。這就好比我們家裡的電視、電燈、冰箱等等，不就是靠發電廠送來的電能來發動的嗎？

「粒線體裡面並不是激烈的燃燒，所以沒有火焰，而是一連串的氧化作用，但是它的結果是一樣的。燃料在裡面一步一步的氧化，放出能量，最後也是變成二氧化碳。粒線體的膜較厚而少油脂，所以穿了潛質衣也進不去。」

三個孩子聽得興致勃勃。

「我說它是發電站只是一個比喻，因為它們功用完全一樣。不過粒線體送出來的不是電能，而是化學能。粒線體把氧化作用產生的能量，裝在一種特別的化學分子裡，這種高能量的分子，離開粒線體後，就跑到細胞各處，需要能量的部位會把它分解，取出能量利用。從這一點來看，這些化學分子正好比是電池，它們在粒線體裡面充電，然後在不同的地方放電利用，好像我們把電池裝進手電筒、收音機，做各種不同的用處一樣。」

小華聽完爸爸的話，滿意的點點頭，但是也更增加了他對粒線體內部構造的神往，可惜就是進不去。

這時候小強對離散體、粒線體都沒興趣了，拖著小明一起向前衝了出去。小華的爸爸也很了解小強的個性，牽著小華隨後追了上來，特別留意小強的舉動。

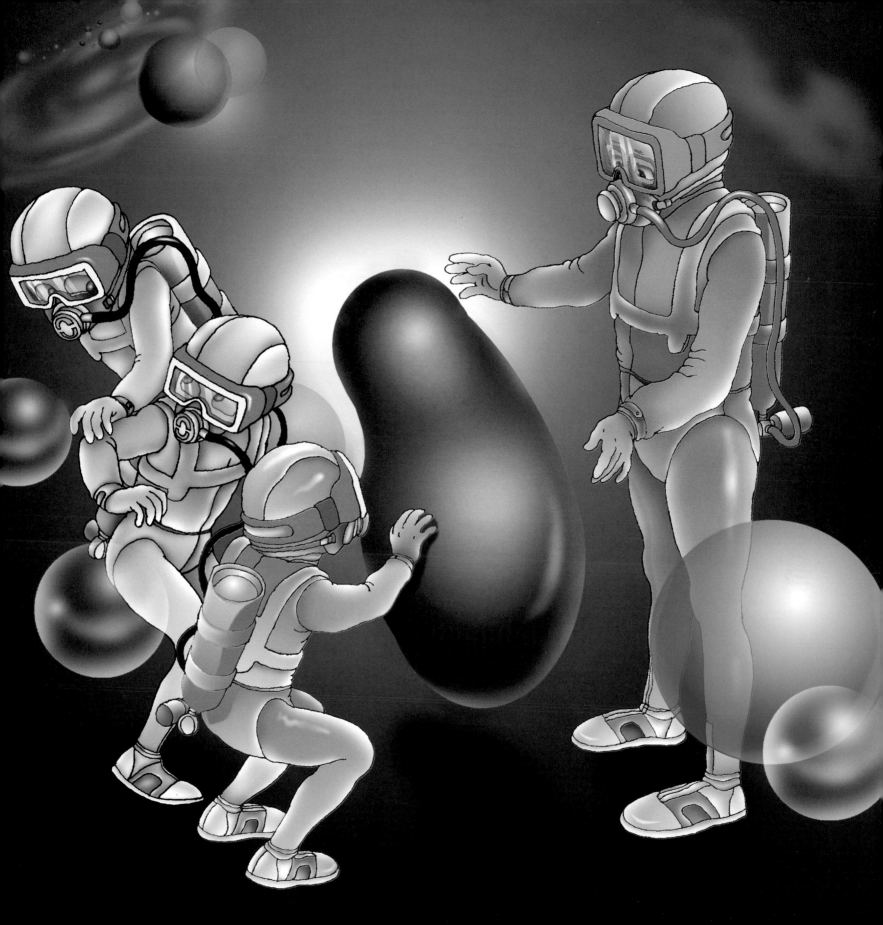

5

　　細胞裡面除了前面所見的離散體和粒線體外，還有一種網狀的構造，叫做質膜網。它沒有顯著的顏色，所以不容易看得清楚。質膜網是一條細細的管道，分布在細胞的各部分，它的功用正像運河，專門運輸一些大分子，包括核酸、蛋白質等等。

　　小強和小明只知道要躲避空間的其他物體。兩人衝得太快，一不小心竟被腳邊的一條質膜網絆倒，跌成一團。正要翻身起來，他們的體重又把一大片質膜網扯斷了，當頭罩下，黏得兩人滿臉滿身，更沒辦法站起來，狼狽極了。

　　小華和爸爸在後面搶救不及，只好在網外勸告他們倆不要動。

　　「小強、小明，不要亂動，你們是纏上了質膜網。」小華的爸爸一面安慰他們，一面想法子解救。

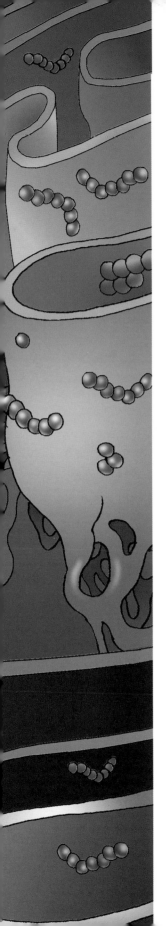

「質膜網是細胞裡的運輸管，
並沒有什麼危險，你們不要動，
讓我和小華在外面替你們解開。」
小華的爸爸終於找到許多網管的
斷頭，於是像分解一團亂麻繩，
小華和他爸爸試著把這些管道
一條一條的抽開。

大約過了十多分鐘，先是小明，
再是小強，終於被放出來了。

經過這次的教訓，小強再也不敢
亂闖，老老實實的跟大家走在
一塊兒。

「這種質膜網有兩種，一種比較
光滑，就是剛才絆在你們身上的
那一種。」小華的爸爸撿起一根斷的
網管給他們看。

「另外有一種表面比較粗糙，因為
網膜上附滿了許多小粒子，這些
小粒子叫做核醣粒。這種粗糙的
質膜網不但有尋常的運輸功能，
而且也是大工廠，那些附在上面的
核醣粒便是成群結隊的工人。」

細胞裡有發電站，又有大工廠，真是非常熱鬧，可是工廠製造什麼產品呢？

　　「蛋白質在細胞裡面是很重要的物質，好比我們日常生活所需的鋼鐵一樣。

　　「鋼鐵可以製成機器，蛋白質可製成酵素，酵素進行細胞裡所有的化學反應；鋼鐵可造汽車、機械，蛋白質也是生物體內許多物質的交通工具；鋼鐵可以建築高樓、橋樑，蛋白質也是細胞膜、粒線體等等的主要建築材料。

　　「核醣粒只接受命令，而不參加計畫工作，計畫從哪裡來呢？計畫是早已擬好的，存在細胞中心裡面的核酸分子上；命令是怎麼傳達的呢？命令來自傳令兵，又是一種不同的核酸，它可以從細胞中心跑到質膜網上，這種核酸，我們就叫它傳令核酸吧！細胞的中心是細胞核，我們再往前走，就可以看到。這是近代生物學上最重要的一個理論。

　　「我再簡單說一遍，細胞核裡的核酸發出命令，經由傳令把核酸送到質膜網上，核醣粒照著命令合成蛋白質，不同的命令經由不同的傳令核酸，最後合成不同的蛋白質。」

三個孩子雖然還是
似懂非懂，可是都感到
非常的興奮，因為他們
感覺到，小華的爸爸
為他們解開了生命之謎。
　　小華的爸爸看到他們
興奮的神情，心裡也
很高興，可是人類真的
已解開生命之謎了嗎？
在他看來，距離還
遙遠得很。過去二十年，
生物學上的發現固然
驚人，再過二十年，
當三個孩子長大以後，
一定還會有更多的、
更驚人的發現。這些
發現會給人類帶來
什麼樣的命運，真是
不敢想像啊！

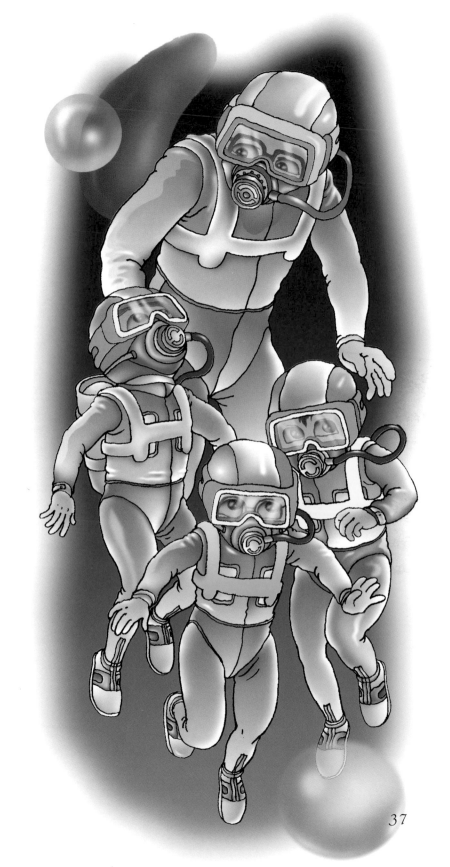

　　沒走多遠，果然細胞核在望了。

　　圓圓的、靜靜的停在那裡，那就是細胞的中心。

　　淡淡的橙紅色，透過細胞質，看起來好像凌晨濃霧中的太陽。

　　多麼奇妙的巧合，細胞的中心有個細胞核，星球的中心有個太陽。

　　細胞核比起離散體和粒線體要大了好幾十倍，是細胞王國裡的皇宮。質膜網原是細胞裡的運河，在這裡圍著細胞核，就像一圈護城河，金黃色的皇宮被一層半透明的核膜包圍著。

　　生命發生在億萬年前，綿綿的演化到今天運作靈活的生物細胞。這所有的玄機，都深藏在這座皇宮裡。

　　「這就是細胞的皇宮，細胞核。」小華的爸爸一邊說著，一邊望著細胞核。他想到其中的玄妙，心裡也忍不住要讚嘆。

「等一下我們可以穿進皇宮裡面去參觀。在進去以前，我先介紹一下細胞核，讓你們多知道一些其中的奧妙。

「細胞核的主要功用就是保存生命活動的消息。這些消息都藏在一種化學分子裡面，那就是我剛才提到的核酸。

「記得我說過核酸發出命令製造蛋白質嗎？蛋白質是生理作用的執行者，細胞在需要某種蛋白質時，核酸上的有關部位就會發出命令，到質膜網上製造這種蛋白質。

「現在估計蛋白質有上千種之多，每一種都有它特定的密碼記載在核酸分子上。」

這樣複雜的程序！

孩子們臉上布滿了迷惑，

小強第一個搖搖頭，

他不敢想像，也不願多想，

他的興趣在觀察、在探奇，

他望望小華的爸爸，

指指細胞核。

「小強，是不是急著想進去？」小華的爸爸立刻猜到小強的心意，

「我們就走吧！」

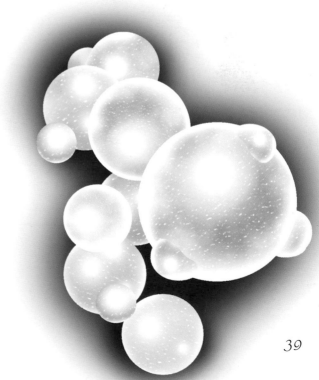

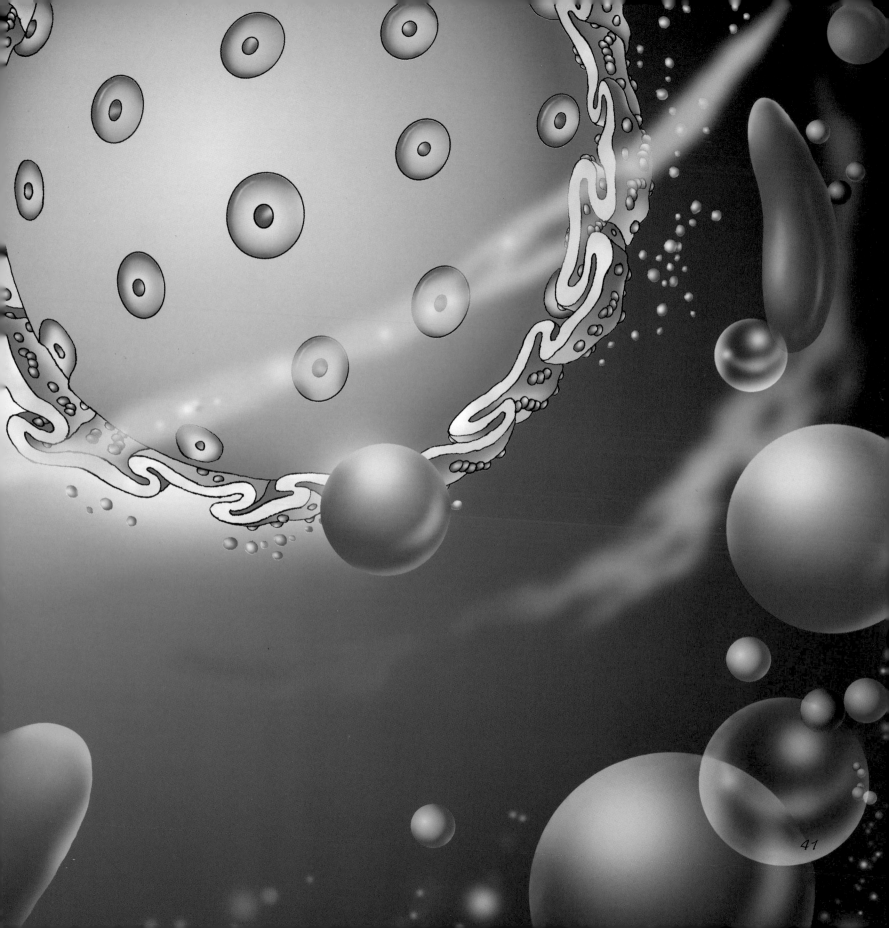

41

7

藉著潛質衣的性能，他們
輕易的穿過核膜，進到了
細胞核的內部。

核內的水分比外面細胞質的
水分少一些，在裡面不必再像
在細胞質裡那樣游走，雖然
液體還在，但是跟在陸上行走
差不多。在他們的周圍上下，
或是懸掛、或是匍匐，盡是
裹著蛋白質的核酸。

四人在核內攀緣穿行，真像
走在原始森林裡，所不同的
就是，低頭穿過的不是垂藤，
抬腿跨過的不是盤根，
而全都是蜿蜒盤旋的
核酸分子。

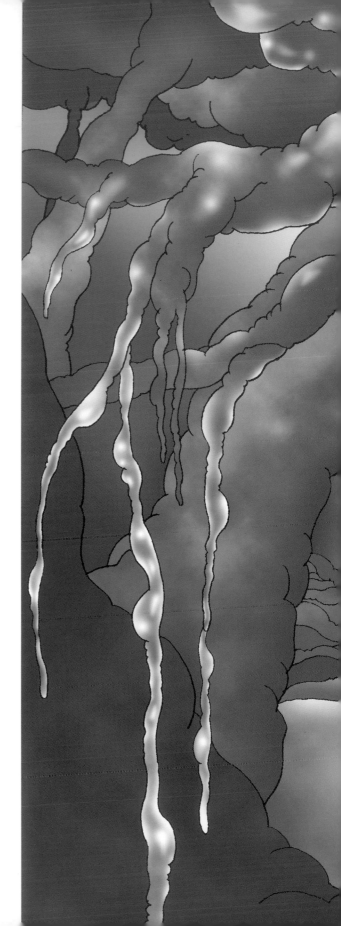

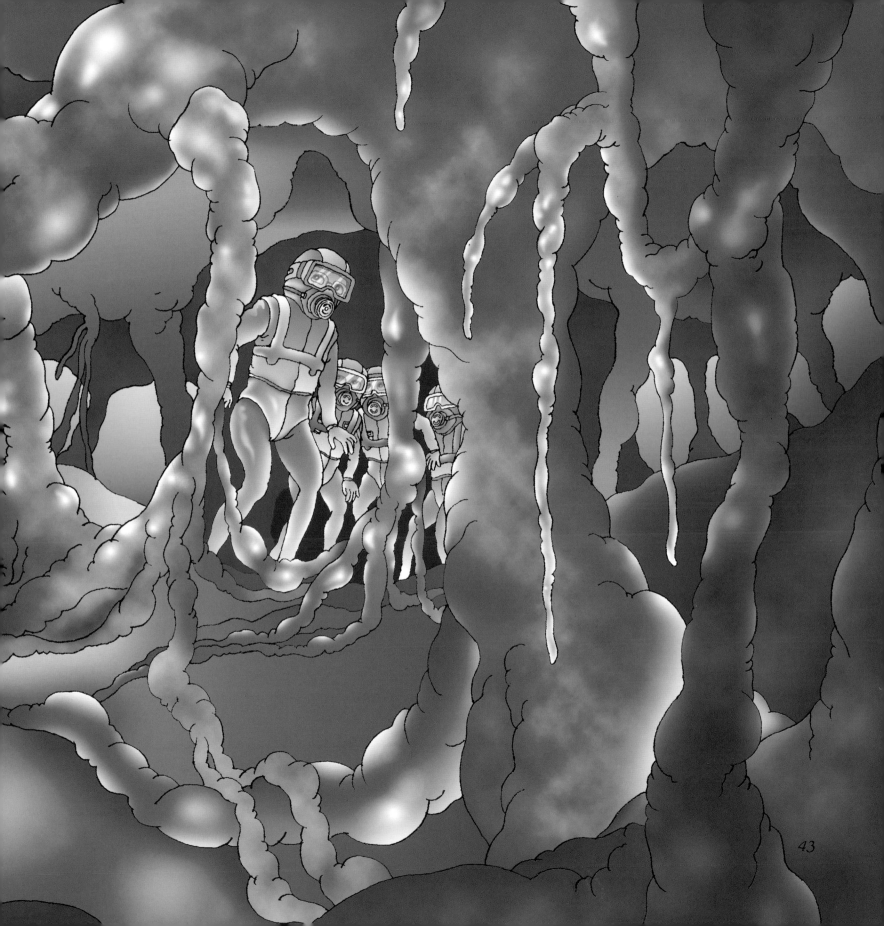

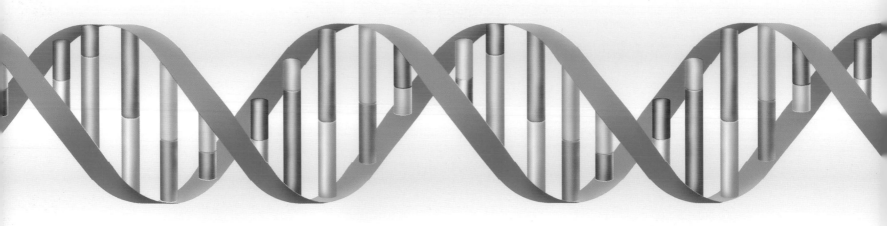

　　忽然小華的爸爸指著一個地方說:「這裡有一段核酸沒有蛋白質包著。」原來小華的爸爸找到一段核酸沒有蛋白質外衣，因此裸露出核酸分子原來的構造。

　　「從這裡你們可以看到核酸分子的基本構造，我們稱它雙螺旋體，因為它是兩股互纏在一起，就像我們吃的油條一樣。」

　　孩子們都把頭湊過來，仔細的觀察這奇異的核酸分子。若不是有人解釋，他們實在想不到這就是生命消息的檔案室。

　　從外表來看，它很像是兩股相纏的細麻繩，或者就是小華的爸爸所比喻的，一條細長的油條。孩子們覺得遺憾的一點是：這核酸分子還不夠大，如果他們可以鑽進去，不也可以細讀生命的密碼？

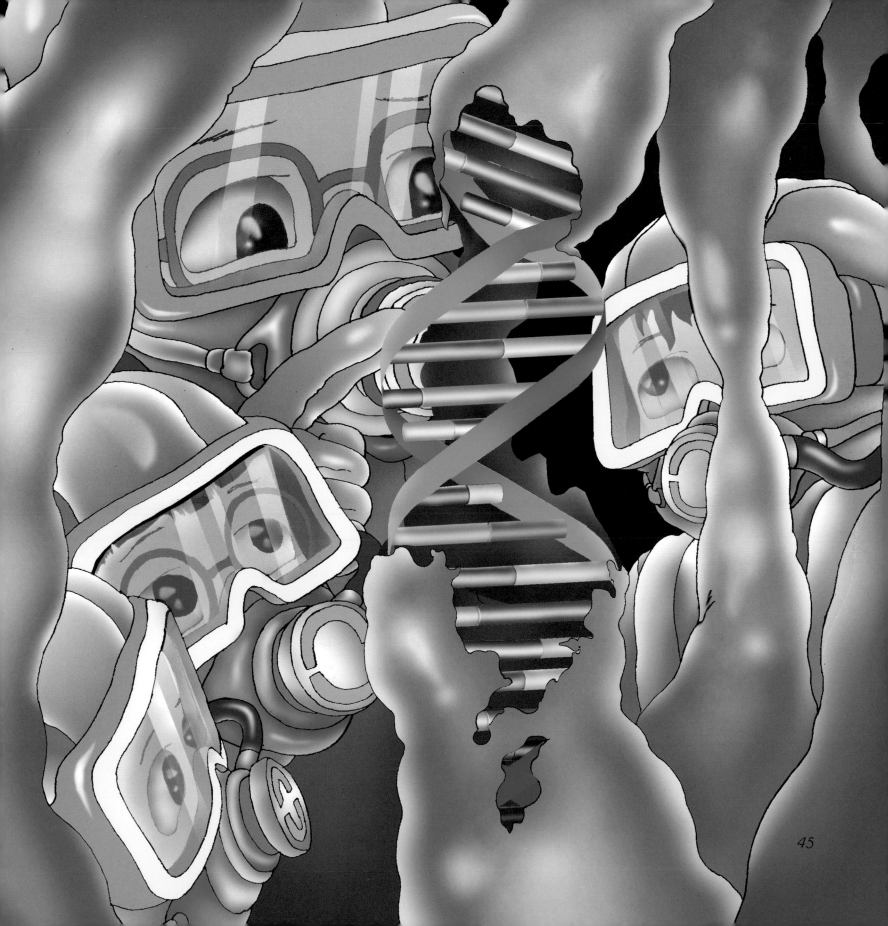

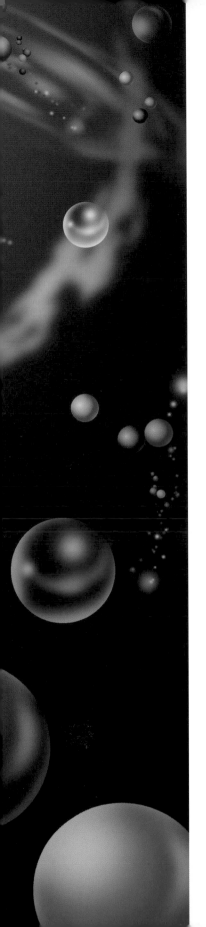

　　觀察了好一陣子，
小華的爸爸發覺時間已經
晚了，提醒他們說：
「細胞皇宮裡的祕密，
已經被你們偷看到了！
現在時間已經不早，
我們也該退出大細胞，
準備回家了。」

　　聽說要回家，三個孩子
心裡都不願意，特別是
第一次進入大細胞，畢竟
玩得還不盡興。

　　「其實這細胞裡面的
一切，你們都已經看到了。」
小華的爸爸看出他們依依
不捨的心情，就安慰他們：
「如果我們現在慢慢往回走，
我們還有時間把所有看過的，
再遊覽回味一遍，好不好？」

　　經過這樣的提議，
才算說服了他們往回走。

小華的爸爸估計得不錯，
這一趟回程所費的時間，
並不比進去的時間少。
就好像去兒童樂園玩，
每到臨別，孩子們一定要
再去玩一次最心愛的遊戲，
徘徊流連，依依不捨。

藉著回程的機會，
小華的爸爸也有意加深
他們對細胞內部構造的
印象，他不厭其煩的為他們
再三解釋，直到孩子們
滿意為止。

最後，終於走出了
細胞膜，大家把潛質衣脫下
掛回原處。

小強問：「剛才我們進去的大細胞是不是真的？」

「我知道遲早你們要問這個問題。」小華的爸爸微笑著回答：「那不是真細胞，而是我們為了教學跟研究所製做的模型，但是一切構造，除了加大以外，跟真的細胞一樣，你們到顯微鏡這邊來。」

三個人一聽，馬上都擠到顯微鏡前面。

「慢慢來，不用急。」小華的爸爸說著，就把細胞標本放進顯微鏡下，為他們調節好鏡頭。

小強第一個看，興奮的叫起來：

「哈哈，什麼都有了，細胞核、粒線體，還有那個殺人王！」

小明第二，一邊看一邊問：「咦？怎麼看不清楚質膜網？」他最感興趣的，就是細胞裡的運河。

「質膜網太細，普通的顯微鏡看不清楚，一定要用電子顯微鏡放得更大才看得見。」小華的爸爸在一旁解釋。

輪到小華時，他當然先找粒線體。

「啊，這粒線體原來這麼小！我喜歡那大大熱熱的。」小華很失望的說。

看完顯微鏡，小華的爸爸又解釋了好一陣子，
才說：「時間不早，我們該回家了，路上再談。」

9

　　這一晚，小華、小明、小強在夢境裡又回到了大細胞裡面。

　　「小華、小明，這細胞裡好冷！啊，粒線體是冷冰冰的，一定是發電機壞了。」小強叫著。

　　「不要急，把粒線體打開，我來修理。」小明說著就去找工具。

　　「慢點兒，」小華想到了問題的另一面，「我們先去細胞核裡面檢查一下，說不定是核酸上的毛病。」

　　小強留在粒線體旁邊，小明和小華進入細胞核，並且找到了核酸上和粒線體有關的部位，果然有一小部分的核酸斷裂了。

　　他們趕緊查出了粒線體的密碼，利用正確的密碼，小明做成了一截新的核酸，然後交給小華。小華很小心的把它結合在原來的核酸分子上。

隔了不久，
小強從細胞質衝進細胞核，
大聲叫著：
「熱起來了，熱起來了，
發電站恢復工作了！」

石家興

　　石家興從小喜歡唱歌、編故事，也愛看電影，中小學時愛好收集電影故事。臺大醫學院生化研究所畢業後，到美國康乃爾大學留學。雖然學的是生物化學，但是對音樂與文學也很喜歡，常常編故事給兩個兒子聽，並且用很簡單的話把複雜的科學知識講給孩子們聽。他最快樂的事是終於有機會為孩子們寫童話故事。

　　目前他在北卡州立大學教書，已發表一百多篇有關生物科技的英文論文，並有九項技術專利，但是，最得意的是有一本中文著作《牛頓來訪》，以及這本《細胞歷險記》。

畫書的人

鄭凱軍

　　鄭凱軍擅長插畫、連環畫創作，他的作品題材廣泛，形式多樣，而構思獨特、幽默機智是其突出的風格，曾獲得「中國優秀美術圖書特別金獎」、「冰心兒童圖書獎」、「五個一工程獎」（促進少年兒童文化發展的獎項）等多項大獎。根據他的作品改編的動畫，在大陸深受孩子們的喜愛。近年更為臺灣的小讀者精心繪製了《俄羅斯的大橡樹》、《軟心腸的狼》、《丁伶郎》等書。

　　藝術才華多方面的鄭凱軍，除了插畫，他長期在浙江醫科大學從事教育電視編導和電腦美術工作，並曾獲全國科普電視評比銀獎。

羅小紅

　　羅小紅出生在以湖山秀麗的西湖而聞名天下的杭州，畢業於浙江工學院，現任職於浙江大學醫學院現代教育技術中心，從事教育視聽軟體編導。擅長電腦美術創作，巧妙地運用手中的「小老鼠」詮釋出心中世界。

兒童文學叢書

童話小天地

榮獲新聞局第五屆圖畫故事類「小太陽獎」暨
第十八次中小學生優良課外讀物推介
文建會2000年「好書大家讀」活動推薦

丁伶郎　　奇奇的磁鐵鞋　　九重葛笑了

智慧市的糊塗市民　　屋頂上的祕密　　石頭不見了

奇妙的紫貝殼　　銀毛與斑斑　　小黑兔　　大野狼阿公

大海的呼喚　　土撥鼠的春天　　「灰姑娘」鞋店

無賴變王子　　愛咪與愛米麗　　細胞歷險記

童話的迷人，

正是在那可以幻想也可以真實的無限空間，

從閱讀中也為心靈加上了翅膀，可以海闊天空遨遊。

這一套童話的作者不僅對兒童文學學有專精，

更關心下一代的教育，

出版與寫作的共同理想都是為了孩子，

希望能讓孩子們在愉快中學習，

在自由自在中發展出內在的潛力。

——簡宛（名作家暨「兒童文學叢書」主編）

網一把星

穿過老樹林

魚和蝦的對話

兒童文學叢書

小詩人系列

榮獲新聞局第十六、十七、十八、十九次
中小學生優良課外讀物推介
文建會「好書大家讀」活動1997、2000、2001年推薦好書暨
1997、2000年最佳少年兒童讀物

夢中音樂會

到大海去呀，孩子

家是我放心
的地方

旋轉木馬

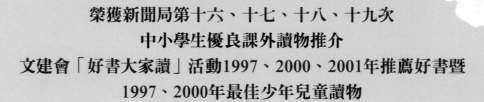

稻草人

螢火蟲

童話風

我的夢夢見我在夢中作夢

妖怪的本事

三民書局的「小詩人系列」自發行以來，

本本皆可稱「色藝雙全」，

在現今的兒童詩集出版品中，

無疑是相當亮麗的一片好風景。

——林文寶（國立臺東師院兒童文學研究所所長）

最新出版

我是西瓜爸爸

跟天空玩遊戲

春天的短歌